Comentari(...) Mary Pope Osbo(...)
"La casa del árbol".

Nunca antes había leído (...) *libros de* La casa del árbo(...) *a gustar la lectura. Cada* (...) *escribo y seguiré leyendo.* —Seth L.

¡¡Leí uno de tus libros y no pude dejarlo hasta el final!! Adoro tus historias. —Liza F.

Me divierto mucho con tus libros de La casa del árbol. *Son mis favoritos... Hoy tuve que escribir acerca de tres personas con las que me gustaría cenar. Los tres que elegí son Thomas Jefferson, Nicolas Cage y, adivina a quién, Mary Pope Osborne.* —Will B.

He leído todos los libros que has escrito, hasta el final. Los adoro tanto que creo que me volvería loco si dejaras de escribir. —Stephanie Z.

Una vez que comienzo a leer uno de tus libros no lo suelto hasta el final. Tus historias me hacen sentir que realmente viajo con Annie y Jack. Aprendo tantas cosas interesantes. ¡Tus libros son los mejores! —Eliza D.

Los padres y los maestros también adoran los libros de "La casa del árbol".

Soy madre de cuatro niños que se divierten a pleno con las aventuras de Annie y Jack. Todos esperamos ansiosamente cada nueva publicación. Tus libros son excelentes regalos de Navidad o de cumpleaños para amigos y primos, todos los agradecen mucho, los niños y sus padres también. —C. Anders

Hemos escuchado a muchos alumnos hablar de amigos especiales en el patio de la escuela. Luego de averiguar de qué se trataba nos enteramos de que esos amigos no eran nada más ni nada menos que Annie y Jack. Nuestros alumnos se han convertido en fervientes fanáticos de tus libros. Como padres, es muy gratificante ver a nuestros hijos tan dedicados a la lectura. —M. Knepper y P. Contessa

Muy pronto, nuestra biblioteca contará con una novedad, algo con lo que hemos soñado por mucho tiempo: una casa del árbol de verdad y un bello mural del roble como acompañamiento…. En las clases hay muchos expertos en La casa del árbol. *Es maravilloso ver el empeño y el entusiasmo que todos ponen a la hora de leer los libros.* —R. Locke

Debido a que estamos realizando una unidad acerca del sistema solar, se me ocurrió elegir "Media Noche en la Luna" (El libro Nº 8 de la colección)". Para mi deleite, este material resultó ser el más exitoso de todo el año. —M. Mishkin

Muchas gracias por proporcionarnos una colección para niños tan maravillosa, entretenida y llena de conocimiento. —L. Shlansky

Mi hija adora que le lea las aventuras de La casa del árbol. *Hasta me he enterado que suele dormir con uno de los libros de esta colección debajo de su almohada.* —E. Becker

¡Qué maravillosa colección has creado! Hasta me ha sido útil para desarrollar un programa de lectura para mis estudiantes más avanzados. Y los resultados han sido increíbles. —L. Carpenter

No es fácil dar con un material de tanto conocimiento y de tan amena lectura. Muchas gracias por hacerlo tan bien. —A. Doolittle

Queridos lectores

    *Tal como dije hace un tiempo, las historias de
La casa del árbol a menudo surgen de las ideas
que mis lectores me envían. De hecho, el tema
de este libro es idea de Megan Barber, una lectora
que participó en un concurso de La casa del árbol.
Es mi deseo expresarle a Megan todo mi agrade-
cimiento por esta creativa y comprometida suge-
rencia.*

    *Una de las razones por las que adoro escribir
esta serie es porque los lectores con los que me
he encontrado y los que me escriben, siempre me
brindan su apoyo y colaboración. Si ustedes
pudieran ver el mundo de la manera que yo
lo veo se darían cuenta de que en todas partes
existen niños maravillosos, niños que, al igual
que Annie y Jack, aman aprender cosas nuevas y
experimentar maravillosas aventuras.*

    *Así que, prepárense para leer una audaz
aventura... un viaje a la época de La Guerra
Civil en Estados Unidos.*

    Les desea lo mejor,

Mary Pope Osborne

Guerra Civil en domingo

por Mary Pope Osborne

Ilustrado por Sal Murdocca
Traducido por Marcela Brovelli

LECTORUM
PUBLICATIONS, INC.

Para Megan Elizabeth Barber
quien me dio esta gran idea.

GUERRA CIVIL EN DOMINGO

Spanish translation © 2011 by Lectorum Publications, Inc.
Originally published in English under the title
CIVIL WAR ON SUNDAY
Text copyright © 2000 by Mary Pope Osborne
Illustrations copyright © 2000 by Sal Murdocca

This translation published by arrangement with Random House Children's
Books, a division of Random House, Inc.

MAGIC TREE HOUSE ®
Is a registered trademark of Mary Pope Osborne, used under license.

ISBN 978-1-933032-69-6

Printed in the U.S.A.

10 9 8 7 6 5 4 3 2

ÍNDICE

Guerra Civil en domingo

Prólogo

Un día de verano, en el bosque de Frog Creek, Pensilvania, apareció una misteriosa casa de madera en la copa de un árbol.

Jack, un niño de ocho años y Annie, su hermana, de siete, subieron a la pequeña casa. Cuando entraron se encontraron con un montón de libros.

Muy pronto, Annie y Jack descubrieron que la casa era mágica. En ella podían viajar a cualquier lugar. Sólo tenían que señalar el lugar en uno de los libros y pedir el deseo de llegar hasta allí.

Con el tiempo, Annie y Jack descubren que la casa del árbol pertenece a Morgana le Fay,

1

una bibliotecaria encantada de Camelot, el antiguo reino del Rey Arturo. Morgana viaja a través del tiempo y el espacio en busca de libros.

En los libros #5 al 8 de *La casa del árbol* Annie y Jack ayudan a Morgana a liberarse de un hechizo. En los libros #9 al 12, resuelven cuatro antiguos acertijos y se convierten en Maestros Bibliotecarios.

En los libros #13 al 16 Annie y Jack rescatan cuatro historias antiguas antes de que se perdieran para siempre.

En los libros #17 al 20 Annie y Jack liberan de un hechizo a un pequeño y misterioso perro.

En los libros #21 al 24 Annie y Jack se encuentran con un nuevo desafío. Deben encontrar cuatro escritos especiales para que Morgana pueda salvar al reino de Camelot. Y ahora, están a punto de comenzar esta nueva aventura...

1
Una luz en el bosque

Jack miró por la ventana.

Era una aburrida tarde de domingo. El cielo estaba cubierto de nubes oscuras.

De pronto, un trueno retumbó en la distancia.

Jack contempló la calle del bosque de Frog Creek.

"*¿Cuándo volverá la casa del árbol?*", se preguntó.

—¡Jack! ¡Tengo que contarte algo! —dijo Annie mientras entraba corriendo en la habitación de su hermano. —¡Vi una luz en el bosque!

—Seguro que fue un relámpago —dijo Jack.

—¡No! ¡Vi algo mágico! Un remolino de luz —agregó Annie—. Creo que la casa del árbol ha regresado.

—Yo estoy seguro de que fue un relámpago. ¿No oíste el trueno? —preguntó Jack.

—Sí, lo oí —contestó Annie—. Pero igual vayamos a averiguar.

Cuando se alejaba de la habitación de su hermano Annie se dio la vuelta:

—Trae tu mochila, tal vez la necesites —dijo.

Jack siempre se alegraba de ir en busca de la casa del árbol. Enseguida agarró su mochila y bajó por la escalera, detrás de su hermana.

—¿Adónde van ustedes dos? —preguntó la madre de ambos.

—Vamos a jugar afuera —respondió Annie.

—No se vayan muy lejos. Y regresen si empieza a llover —les dijo.

—De acuerdo. No te preocupes —respondió Jack.

Annie y Jack atravesaron la puerta de

entrada y corrieron calle arriba hacia el bosque de Frog Creek.

Todo se veía muy oscuro debajo del cielo tormentoso. De repente, un viento frío sacudió las hojas de los árboles.

Muy pronto, Annie y Jack se detuvieron delante del roble más alto del bosque.

—¡Uy! ¡Tenías razón, Annie!

La casa del árbol surgió desde la oscuridad del cielo.

—¡Morgana! —gritó Annie.

No hubo señales de la hechicera.

—¡Subamos! —dijo Jack.

Se agarró de la escalera de soga y comenzó a subir. Annie subió detrás.

—Entraron en la casa del árbol. La escasa luz del interior no los dejaba ver con claridad.

—¡Mira eso, Jack!

Annie señaló un libro y una hoja de papel que estaban sobre el suelo.

Jack tomó el papel. Annie alzó el libro.

—Escucha esto, Annie. Jack acercó el papel a la ventana y leyó lo que decía en voz alta:

Queridos Annie y Jack:
Camelot está en problemas. Para poner el reino a salvo les pido por favor que busquen estos cuatro escritos para mi biblioteca:

Algo para seguir
Algo para enviar
Algo para aprender
Algo para prestar
Muchas gracias,
Morgana

—¿Camelot está en problemas? ¿Qué querrá decirnos Morgana con este mensaje? —preguntó Jack.

—No lo sé. Pero será mejor que nos apuremos para encontrar esos escritos. Vayamos a buscar el primero: *"Algo para seguir"* —dijo Annie.

—Me pregunto por dónde debemos empezar. ¿Cuál es el título del libro que tienes? —preguntó Jack.

Annie acercó el libro a la ventana para poder leer.

—¡Uy! —exclamó Annie, mostrándole el libro a su hermano.

En la tapa se veía un campo muy sereno cubierto por un cielo azul. El título decía: *"La Guerra Civil"*.

—¿Guerra Civil? ¡Qué genial! —exclamó Jack.

Annie frunció el entrecejo.

—¿*Genial?* La guerra nunca es genial —dijo.

—En cierta forma, sí lo es —aclaró Jack, nervioso—. Sabía que la guerra no tenía nada de bueno. Pero algunas partes parecían divertidas, como un juego.

—Ya veremos —dijo Annie, al tiempo que señalaba la tapa del libro—. Queremos ir a este lugar —dijo.

Un trueno retumbó en el corazón del bosque.

El viento comenzó a soplar.

La casa del árbol empezó a girar.

Más y más rápido cada vez.

Después, todo quedó en silencio.

Un silencio absoluto.

2

Una guerra cruel

Un sol refulgente invadió la casa del árbol.

—Hace mucho calor aquí —dijo Jack.

—Y con esta ropa mucho más —agregó Annie.

Su ropa había cambiado como por arte de magia. Annie llevaba puesto un vestido largo. Jack, un pantalón raído y una camisa de manga larga. Y su mochila ahora era de cuero.

—¿Dónde estamos? —preguntó Annie.

Los dos se asomaron a la ventana.

La pequeña casa había aterrizado en la copa de un árbol que estaba al borde de un campo, el mismo que estaba en la tapa del libro.

—Esto se ve tan tranquilo —comentó Jack—. ¿Y dónde está la Guerra Civil?

—¡Allí! —susurró Annie, temblando, y señaló un bosque que se veía más allá del campo.

De pronto, Jack vio a un soldado que se alejaba del bosque montado a caballo. El animal estaba cubierto de barro. El soldado tenía un brazo ensangrentado y llevaba puesto un uniforme de color azul.

De pronto, otro hombre avanzó cabalgando hacia el campo, también tenía el uniforme roto. Y la cabeza cubierta con un vendaje.

—¡Oh, cielos! —susurró Jack—. ¿Quiénes son?

Abrió el libro de *La Guerra Civil* y observó un dibujo en el que se veían varios soldados vestidos de color azul. Jack se puso a leer en voz alta:

1861–1865

Durante este período tuvo lugar la Guerra
Civil, también conocida como "Guerra de
los Estados", precisamente porque se
libró entre los estados del norte y los del
sur de Estados Unidos. Los soldados del
sur vestían uniforme de color gris y eran
conocidos como *Soldados Confederados*.
El ejército del norte eran los *Soldados de
la Unión* y vestían uniforme de color azul.

—Entonces estos son soldados de la Unión
—exclamó Jack. Luego sacó su cuaderno y anotó:

Guerra Civil —1861-1865
Azul = Norte = Soldados de la Unión
Gris = Sur = Soldados Confederados

Jack agarró el libro y se puso a leer en
voz alta:

La Guerra Civil fue un conflicto cruel
y sangriento. Más personas perecieron
en esta guerra que en todas las otras
guerras de Estados Unidos juntas. Uno de
cada cinco jóvenes murió o resultó herido.

12

—¡Esto es muy triste! —dijo Annie.

Jack volvió a escribir en el cuaderno:

guerra cruel

—¡Uy, mira, Jack! ¡Ahí vienen más soldados!

Jack levantó la vista. Varios soldados más avanzaban por el campo. Pero estos venían a pie.

Todos se veían tristes y muy extenuados. Algunos cojeaban y otros ayudaban a otros soldados a caminar. De repente, uno de ellos tropezó y cayó al suelo.

—Tengo que ir a ayudarlo —dijo Annie.

—¡Espera! —gritó Jack.

Annie comenzó a descender por la escalera de soga.

—¡Tú no puedes ayudarlos! ¡Ningún niño podría hacerlo! —insistió Jack.

Annie siguió avanzando.

—¡No te olvides, Annie! ¡Tenemos que buscar el escrito para Morgana! —Jack susurró para sí—. *¡Algo para seguir!*

Luego, guardó el libro y el cuaderno en su bolso de cuero, y comenzó a bajar por la escalera de soga.

Cuando llegó al suelo, vio a su hermana a lo lejos.

Annie estaba junto a un soldado que yacía en el suelo. Ella le tendió la mano y lo ayudó a ponerse de pie.

Poco a poco, el soldado comenzó a caminar. Annie caminaba a su lado.

—¡Oh, cielos! —exclamó Jack. Y se apresuró para alcanzar a su hermana.

Jack corría por el campo seco, debajo del sol abrasador. Con la ropa sudada sentía comezón en la piel.

Cuando alcanzó a su hermana, ambos caminaron en silencio junto a los soldados.

Hasta que, de pronto, se detuvieron frente a una colina muy pronunciada. Todos se quedaron inmóviles al ver la vista que se extendía ante sus ojos: hileras e hileras de tiendas blancas.

—¡Gracias a Dios! —exclamó uno de los soldados—. ¡Estamos a salvo!

3
Hospital de campaña

Annie y Jack caminaron junto con los soldados hacia el campamento.

En una de las tiendas había una larga fila de hombres de uniforme de color azul. Todos estaban heridos y muy cansados. Muchos de ellos sangraban y apenas podían mantenerse en pie.

Algunas mujeres de vestidos oscuros les daban agua y alimento.

—¿Dónde estamos? —preguntó Annie.

—Déjame averiguarlo —respondió Jack.

Y se puso a ojear el libro en busca de información. Cuando encontró un dibujo en el que se veía un campamento, se detuvo para leer:

Durante la Guerra Civil, para brindar asistencia a los soldados heridos, se levantaron *hospitales de campaña* cerca de los campos de batalla. Los soldados permanecían en ese sitio por un tiempo corto hasta reintegrarse a la batalla, cambiarse de hospital o ser enviados a su casa. Este hospital, en Virginia, brindó asistencia a más de 400 pacientes.

—Son un montón —exclamó Annie.

—Sí, así es —agregó Jack.

Agarró su cuaderno y anotó lo siguiente:

Hospital de campaña – cerca al campo de batalla

Jack volvió a leer el libro:

Durante la Guerra Civil, más de 3000 mujeres prestaron ayuda como enfermeras. Esta ocupación era una actividad nueva para las mujeres de Estados Unidos. Antes de la guerra, sólo los hombres eran enfermeros.

—¡Oh! —exclamó Annie—. Tal vez *nosotros* podamos ser enfermeros.

—Olvídalo —dijo Jack—. Los niños no pueden ser enfermeros.

Jack quería encontrar el escrito para Morgana y regresar a su casa. La escena del campo de batalla lo había hecho sentir muy triste.

—Sólo voy a preguntar —dijo Annie.

Y se dirigió hacia una de las enfermeras que cocinaba en uno de los fogones del campamento.

—¡Annie! ¡Nosotros tenemos una misión! —dijo Jack, en voz alta.

Annie siguió caminando.

Jack resopló resignado. Guardó el libro y el cuaderno debajo del brazo y siguió a su hermana.

El pequeño fogón emanaba olas de calor. Una joven enfermera calentaba un recipiente con café.

Las moscas revoloteaban por todas partes.

—¡Hola! —exclamó Annie.

La enfermera apenas sonrió.

Tenía el rostro colorado, con gotas de sudor. Sus ojos se veían muy cansados.

—¿De dónde son? —preguntó.

—De Frog Creek —respondió Annie—. Nos gustaría ser enfermeros voluntarios.

Al parecer, la joven mujer no se sorprendió demasiado.

—Sí, por supuesto —agregó la mujer, con un suspiro de alivio—. Algunas de nosotras no hemos dormido durante días.

—¿Por qué no? —preguntó Jack.

—Están llegando los soldados heridos de un campo de batalla cercano a Richmond —respondió la enfermera—. Y cada vez llegan más y más. Parece que nunca termina.

—Sólo dígannos qué tenemos que hacer —dijo Annie.

—Mientras nosotras alimentamos a los pacientes recién llegados, ustedes pueden ir a las dos primeras tiendas para darles el almuerzo a los otros soldados.

La enfermera señaló una cesta llena de pan y papas. Junto a la cesta había un balde lleno de agua.

—¿Algo más? —preguntó Annie.

—Sólo traten de darles consuelo —dijo la enfermera.

—¿Y cómo lo hacemos? —preguntó Annie.

—No tengo tiempo para enseñarles explicó la enfermera—. Pero aquí tienen una lista que puede ayudarles.

La joven mujer sacó un papel del bolsillo de su delantal y se lo dio a Annie.

Annie le leyó la lista a su hermano

Mostrar alegría
Mitigar el dolor y brindar esperanza
Ser valientes
Dejar a un lado tus propios sentimientos
¡No te rindas!

—Sigan la lista al pie de la letra y no se equivocarán —aconsejó la enfermera.

La enfermera retiró el recipiente de café del fuego y lo llevó hacia la fila de soldados.

—Sigamos... sigamos la lista —sugirió Jack.

Eso mismo dijo la enfermera —agregó Annie.

Jack agarró la lista que le entregó su hermana.

—¿No te diste cuenta? —preguntó Jack—. *¡Es ésta!* ¡La encontramos! ¡El escrito para la biblioteca de Morgana! *Algo para seguir.*

¡Sí! —exclamó Annie.

Jack guardó la lista dentro de su mochila.

—¡Nos lo pusieron en la mano! ¡Ya podemos irnos a casa! —agregó Jack con una sonrisa.

—¡Oh, no! ¡Ahora no! ¡Primero tenemos que ayudar a las enfermeras!

—Pero, Annie —dijo Jack.

Annie agarró la cesta con los alimentos y se dirigió hacia la hilera de tiendas blancas.

—Espera, ya podemos irnos —dijo Jack, con tono débil—. Nuestra misión llegó a su fin.

La verdad era que no tenía ganas de quedarse. No quería estar en medio de soldados tristes y heridos. Todo eso era muy desolador.

—¡Anda, trae el balde de agua y un cucharón! —gritó Annie, y se metió dentro de la primera tienda.

—Jack gruñó descontento, pero sabía que no podría hacer cambiar de opinión a su hermana.

Sacó la lista y leyó la primera línea: *Mostrar alegría*.

—¡Oh, cielos! —exclamó.

—Luego guardó la lista en el bolso. Agarró el balde y avanzó torpemente detrás de su hermana, tratando de sonreír.

4

Luchar por la libertad

Jack entró en la tienda con el balde de agua.

Allí, la escena era muy parecida a una pesadilla.

Hacía mucho calor y el aire se sentía denso y pegajoso. Una docena de soldados heridos estaban acostados sobre pequeños catres. Algunos pedían comida. Otros, clamaban por un poco de agua o, simplemente, se quejaban.

Jack tenía deseos de salir corriendo. Pero Annie se enrolló las mangas, sonrió y se puso a trabajar enseguida.

—¡Hola, a todos! —exclamó, con tono alegre.

Ninguno de los soldados sonrió.

—¡Tengo buenas noticias! —proclamó Annie, entusiasmada—. ¡Hemos traído almuerzo!

Se acercó a la hilera de catres, y empezó a repartir pan y papa entre los soldados.

—Muy pronto se sentirá mejor —le dijo a un hombre herido—. Dentro de muy poco podrá reunirse con su familia —le dijo a otro.

Jack miró a su alrededor con nerviosismo. No sabía qué hacer.

—¡Dales agua! —dijo Annie.

Jack vio un vaso de lata junto al catre de cada uno de los soldados. Agarró el primero y, cuidadosamente, con el cucharón empezó llenar los pequeños recipientes.

Luego, con la mirada hacia abajo, entregó el vaso de lata a uno de los pacientes. Se sentía tímido y nervioso. No sabía qué decir.

Así, siguió con el otro paciente y, luego, con el siguiente. Uno por uno, todos los soldados recibieron un vaso de agua. Pero Jack nunca miró a ninguno a los ojos ni dijo una sola palabra.

Muy pronto, Annie y Jack terminaron de repartir el agua y la comida.

—¡Adiós! —exclamó Annie.

Saludó a todos y salió de la tienda. Jack salió rápidamente detrás de su hermana.

—¡Vayamos a casa, por favor! Ya tenemos lo que vinimos a buscar —dijo.

—Si nos vamos ahora, los pacientes de la otra tienda se quedarán con hambre y sed —insistió Annie.

Jack suspiró.

—De acuerdo. Pero cuando terminemos nos iremos enseguida —agregó.

Y entró en la siguiente tienda, detrás de Annie.

Al igual que en la tienda anterior, ésta se encontraba atestada de soldados heridos. Aunque estos eran todos afro-americanos.

—¡Hola, a todos! —dijo Annie, con una cálida sonrisa.

Una vez más, comenzó a repartir pan y papa entre los soldados. Mientras tanto, les hablaba y les contaba chistes.

Jack servía agua dentro de los recipientes de lata sin pronunciar una palabra, igual que la primera vez. Pero justo al servir el último vaso, un paciente le dijo algo.

—Muchas gracias por ser tan amable, hijo.

Jack miró al hombre con timidez. El soldado de piel morena era de edad madura y tenía el cabello encanecido.

—De nada —contestó Jack.

Trató de pensar en algo que decir hasta que, de pronto, recordó las palabras reconfortantes de su hermana.

—Muy pronto se sentirá mejor. Dentro de poco tiempo se reunirá con su familia —dijo.

El hombre negó con la cabeza.

—No. Jamás volveré a estar con mi familia otra vez. Mi mujer y mis hijos fueron vendidos hace mucho tiempo —explicó el hombre, serenamente.

—¿Vendidos? —preguntó Jack

—Sí. Éramos esclavos —agregó el soldado.

—¿*Usted* fue esclavo? —preguntó Jack.

—Todos los que estamos en esta tienda alguna vez lo fuimos. Huimos de nuestros amos, en el sur, para luchar por el fin de la esclavitud, por la libertad de nuestra gente. Corrí descalzo casi treinta millas para avisarles a los soldados de La Unión que los Confederados estaban a punto de atacar.

El hombre guardó silencio.

—Usted ha luchado por la libertad con mucha valentía —dijo Jack.

—Gracias, hijo —dijo el hombre, y cerró los ojos.

Jack quería saber más cosas acerca de la esclavitud. Pero no quería molestar al soldado, se le veía muy agotado. Así que, sacó el libro de *La Guerra Civil.*

De repente, encontró un dibujo con un grupo de afro-americanos de pie sobre una plataforma. Los hombres, las mujeres y los

niños tenían los pies y las manos encadenados.
Jack se puso a leer:

> En el siglo XIX el pueblo de Estados
> Unidos se encontraba dividido por el
> conflicto de la esclavitud. El Norte quería
> abolir la esclavitud. El Sur deseaba todo
> lo contrario, ya que más de cuarenta
> millones de afro-americanos trabajaban
> en las enormes plantaciones del Sur. Este
> desacuerdo llevó al país a una guerra civil.

Luego miró el rostro del hombre. Se veía exhausto.

Jack sacó la lista que le había dado la enfermera:

"Mitigar el dolor y brindar esperanza".

Guardó el papel y se acercó al soldado. Suavemente, comenzó a hablarle:

—Algún día sus tatara-tatara-nietos serán médicos y abogados.

El hombre abrió los ojos.

Jack continuó:

—Ayudarán a dirigir el gobierno y las escuelas. Serán senadores, generales, maestros y principales de escuelas.

El soldado miró fijamente a Jack.

—¿Acaso puedes ver el futuro, hijo?

—De alguna manera sí —respondió Jack.

El hombre le ofreció a Jack una hermosa sonrisa.

—Gracias, hijo —dijo. Y volvió a cerrar los ojos.

—Buena suerte —susurró Jack, con la esperanza de que el soldado pudiera vivir para disfrutar de su libertad.

—¿Estás listo para irnos a casa, Jack? —preguntó Annie. Ya había terminado de repartir la comida.

Jack dijo que sí con la cabeza.

Cuando salían de la tienda oyeron a alguien que decía: "¡Ella ha vuelto!".

Una carreta tirada por caballos entraba en el campamento.

—¿Quién ha vuelto? —preguntó Annie.

—*Clara Barton* —respondió uno de los pacientes—. Ella está a cargo de este hospital.

—¡Clara Barton! No lo puedo creer —exclamó Annie.

—¿Quién es Clara Burton? —preguntó Jack. Él había oído el nombre, pero no podía recordar de quién se trataba.

—¿Cómo que quién es Clara Barton? ¿Te has vuelto loco, Jack?

Annie salió corriendo hacia la carreta.

5

El ángel del campo
de batalla

Jack no recordaba quién era Clara Barton. Así
que abrió el libro de la Guerra Civil y leyó:

> Clara Barton fue una reconocida enfer-
> mera durante la Guerra Civil. Al prin-
> cipio utilizaba su propio dinero para
> comprar medicamentos y provisiones.
> Conducía una especie de "ambulancia"
> tirada por caballos que llevaba casi hasta
> el campo de batalla para ayudar a los sol-
> dados heridos. Por esta razón, se le conoce
> como "El ángel del campo de batalla".

Jack guardó el libro y fue en busca de su
hermana.

Cuando la alcanzó, se quedó mirando a la mujer que estaba sentada en el asiento del conductor de la carreta.

"No luce como un ángel", pensó.

La mujer era de baja estatura y tenía un rostro común y corriente, con una expresión bastante seria. Llevaba el cabello, de color oscuro, recogido en un moño. Tenía puesta una falda de color negro y una chaqueta del mismo color.

En la parte trasera de la carreta había más soldados heridos, todos tenían los uniformes rotos y llenos de sangre. No paraban de lamentarse y de quejarse por el dolor.

Los enfermeros, hombres y mujeres, colocaban a los soldados heridos sobre camillas.

Clara Barton se secó el sudor de la frente. Se veía acalorada y exhausta.

—¿Podemos ayudarla, señorita Barton? —preguntó Annie.

—¿Quiénes son ustedes? —preguntó Clara
Barton.

—Somos Annie y Jack —contestó Annie—.
Somos voluntarios. ¿En qué podemos ayudarla,
señorita Barton?

Clara Barton sonrió.

—Primero que nada, quiero que me llamen Clara —dijo—. Segundo, ¿podrían acompañarme al campo de batalla? Hay más heridos esperando para que los vayan a buscar.

—¡Por supuesto! —exclamó Annie.

Jack permaneció mudo e inmóvil. Después de ver a tantos hombres heridos en la carreta, tenía miedo de acercarse al campo de batalla.

—¿Y tú? —le preguntó Clara Barton, mirándolo fijamente con sus serios ojos oscuros.

Jack no quería admitir que tenía miedo.

—Seguro, no hay problema —respondió.

—¡Muy bien, andando! —dijo Clara Barton.

Annie y Jack subieron a la "ambulancia" y se sentaron junto al asiento de Clara.

Todos los soldados ya habían sido bajados de la carreta.

—Por favor, cuiden mucho a los nuevos miembros de mi familia —les dijo Clara a los enfermeros.

Luego sacudió las riendas con firmeza y la "ambulancia", tirada por caballos, se puso en marcha, dejando atrás una gran nube de polvo.

6

¡Agáchense!

La carreta se sacudía y balanceaba mientras avanzaba por el camino de polvo seco.

Jack sintió que el cuerpo se le cocinaba bajo los fuertes rayos de sol. Tenía los ojos y la garganta llenos de tierra.

El estruendo de los cañonazos comenzaba a oírse cada vez más fuerte. De pronto, Jack empezó a oír pequeñas explosiones, como si fueran petardos.

—¿Qué son esas explosiones? —preguntó en voz alta, cegado por el polvo y los rayos del sol.

—¡Son disparos de rifles! —explicó Clara.

De repente, Jack recordó la forma de los rifles: fusiles largos que se utilizaban en el pasado.

—¿Qué son esos fogonazos? —preguntó Annie.

Jack trató de abrir los ojos para ver qué sucedía.

A lo lejos, divisó brillantes fogonazos y pequeñas nubes de humo en el cielo.

—Son explosiones de balas de cañón —explicó Clara Barton—. Las balas son como pequeñas bombas. Éstas han causado mucho daño a las tierras.

Jack echó una mirada sobre el campo mientras la carreta avanzaba. El suelo estaba plagado de horribles agujeros. Largas zanjas surcaban el campo a lo largo de casi toda su extensión.

—¿Las balas de cañón también causaron esas zanjas? —preguntó Jack.

—No. Esas son trincheras que las cavan los soldados para permanecer allí durante la batalla —explicó Clara—. Cada ejército cava su propia trinchera. Día tras día, los soldados se ocultan en las trincheras para dispararle con los fusiles al bando enemigo.

Jack trató de imaginar lo terrible que debería ser sentarse en una trinchera todo el día, para esperar recibir un disparo o dispararle al enemigo.

—Tenemos que conseguir un poco de agua —dijo Clara.

Y condujo la carreta hacia un pequeño

arroyo. Una cascada fluía por la ladera de la colina, por entre las rocas.

La carreta se detuvo. De pronto, Jack oyó un sonido similar a un silbido y luego, otro.

—¡Agáchense! —gritó Clara.

—¿Qué fue eso? —preguntó Jack.

—¡Un disparo de cañón! —dijo Clara.

Annie y Jack se acurrucaron debajo del asiento del conductor.

De repente, Jack sintió un arrebato de pánico. Cuando sacó la lista de reglas le temblaban las manos:

Ser valientes.

"Así de fácil", pensó.

Por encima de su cabeza voló otro proyectil de cañón. Luego, otro y otro más.

El suelo crujió una y otra vez en medio de fogonazos de luz. Trozos de tierra, grandes y pequeños, volaban en todas las direcciones.

Los caballos relinchaban lastimosamente.

"¡Ser valientes!", pensó Jack. *"¡Ser valientes!"*

7

¡Manos bondadosas!

El fuego de los cañónes cesó. Los caballos se tranquilizaron. El humo que flotaba en el aire comenzó a disiparse.

Clara le entregó una cantimplora a Annie y otra a Jack.

—Llénenlas lo más rápido que puedan —dijo—. No tenemos mucho tiempo.

Jack sintió que le temblaban las piernas mientras seguía a su hermana hacia el arroyo. Ambos llenaron las cantimploras y se subieron a la parte trasera de la carreta.

—Manténganse alerta —dijo Clara—. Fíjense si ven soldados heridos salir del campo de batalla.

Clara sacudió las riendas y los caballos se pusieron en marcha.

Mientras avanzaban por el ajetreado camino, Jack buscaba soldados heridos en la distancia.

—¡Allí! —gritó Annie. Señaló a un hombre que se acercaba cojeando y haciendo señas para que la carreta se detuviera.

El hombre se veía muy joven, casi un adolescente. Tenía el uniforme desgarrado y lleno de sangre. Y no era de color azul, era gris

Clara hizo que los caballos se detuvieran.

—Pero es un soldado *Confederado* —dijo Jack.

—Cuando alguien resulta herido igual se le ofrece ayuda, no importa de quién se trate —explicó Clara, con tono suave—. He visto coraje y bondad en ambos ejércitos de esta guerra. A veces las cosas no son tan sencillas como parecen.

Jack se sintió contento de que pudieran ayudar al joven soldado.

Sin perder tiempo se bajó de un saltó de la carreta.

—¿Necesitas ayuda? —le preguntó.

—Muchas gracias —respondió el joven.

Jack lo ayudó a subir a la parte trasera de la carreta. El joven se recostó sobre una pila de colchas y cerró los ojos.

Jack regresó a su asiento, junto a Clara. Luego, ella sacudió las riendas y partieron otra vez.

Más adelante, encontraron otros soldados heridos que descansaban a la sombra de un roble. Todos ellos llevaban uniformes azules.

Una vez más, Clara detuvo los caballos.

—Por favor, fíjense si algún soldado necesita que lo llevemos al hospital —dijo Clara.

Jack observó al soldado que dormía en la carreta.

—¿Acaso puede un soldado Confederado estar junto a un soldado de la Unión? —preguntó preocupado.

Clara asintió con la cabeza.

—A veces los hombres están demasiado cansados o enfermos como para seguir siendo enemigos —explicó Clara—. A veces, algunos hasta se a conocen. En esta guerra se han destruido muchas familias y también, muchas amistades.

—Vamos —dijo Annie, mientras bajaba de un salto de la carreta. Jack bajó detrás de ella.

Ambos llevaron sus cantimploras para que los soldados pudieran beber un poco de agua.

—¡Hola! —dijo Annie—. ¿Alguno de ustedes necesita ir al hospital?

—Sólo John, nuestro tamborilero —dijo uno de los soldados—. Tiene insolación. Pero todos necesitamos un poso de agua, señorita.

Jack vio a un niño muy joven recostado en el suelo. Tenía los ojos cerrados.

—¡Oh, Jack, míralo! Se parece mucho a ti —dijo Annie.

El niño, en verdad se *parecía* bastante a Jack. Sólo que éste era unos años mayor.

—Será mejor que lo llevemos a la ambulancia de Clara de inmediato —dijo Annie.

Rápidamente, le dio su cantimplora a uno de los soldados. Uno de los soldados ayudó al pequeño tamborilero a ponerse de pie.

El niño abrió los ojos y murmuró algunas palabras. Trató de caminar pero empezó a tambalearse como si estuviera a punto de desmayarse.

—Espera —Jack tomó al pequeño del brazo—. Te daremos una mano.

El pequeño tamborilero colocó los brazos sobre los hombros de Annie y de Jack.

—Sólo un poco más, John —dijo Annie—. Vamos, falta muy poco.

El pequeño se movía como si caminara dormido. Tenía la cabeza baja, y arrastraba los pies sobre el polvo para caminar.

—¡Cuídenlo muy bien! —dijo uno de los hombres—. ¡No podemos ir a la batalla sin él!

8

Hermanos

Clara Barton acercó la carreta junto a Annie y a Jack. Luego, los ayudó a subir al pequeño del tambor a la carreta.

—Los soldados dijeron que el niño sufría de insolación. Su nombre es John —le dijo Annie a Clara.

El pequeño se acostó junto al soldado Confederado, que dormía.

—Sí, parece tener insolación—afirmó Clara—. El otro joven también tiene una fiebre muy alta. Debemos llevarlos al hospital inmediatamente. Annie, Jack, ¿pueden quedarse atrás y hacer lo que les digo?

—¡Sí! ¡Por supuesto! —afirmaron los dos a la vez.

Clara humedeció dos paños limpios con el agua de la cantimplora de Jack.

—Pónganles estos paños en el rostro, así se sentirán más aliviados —dijo.

Clara entregó los paños a Annie y a Jack.

Luego, se subió a la carreta y puso la carreta en marcha.

Annie y Jack hicieron tal y como les había dicho Clara. Jack contempló a los dos jóvenes soldados, acostados uno al lado del otro. En realidad había más semejanzas que diferencias entre ellos.

"Tal vez, en otra época y en otro lugar hasta hubieran sido amigos", pensó Jack.

Finalmente, la carreta llegó al hospital del campamento. El soldado Confederado fue colocado en una camilla y llevado dentro de una tienda.

Dos soldados vendados, colocaron al niño del tambor en otra camilla.

—Annie, Jack ¿podrían quedarse con John por un rato? —preguntó Clara.

—¡Claro que sí! —afirmó Jack.

—Traten de bajarle la fiebre —dijo Clara—. Una enfermera les traerá bolsas de hielo para que le froten la piel con la bolsa de hielo. Cuando la fiebre ceda, vengan a buscarme.

El pequeño del tambor fue llevado a una tienda vacía. Annie y Jack lo siguieron.

John fue colocado en un catre. Luego, llegó una enfermera con retazos de tela y un balde lleno de hielo. Annie y Jack se quedaron solos con el pequeño soldado.

Jack envolvió un poco de hielo en uno de los retazos y lo presionó suavemente sobre la cabeza, sobre el cuello y sobre los brazos del pequeño. Mientras tanto, Annie movía los brazos para ahuyentar las moscas y dar un poco de aire fresco a John.

Jack comenzó a sentirse tan acalorado que empezó a ponerse hielo sobre el rostro. Después, se puso a buscar información en su libro de la Guerra Civil acerca de los *niños tamborileros*.

La Guerra Civil fue la última guerra en la que tomaron parte niños tamborileros. El redoble de los tambores servía para dar órdenes a los soldados. Indicaba cuándo comer, cómo marchar e, incluso, cómo luchar en cada contienda. Cuando había mucho humo en el campo de batalla el sonido del tambor ayudaba a los soldados a encontrase con sus compañeros y mantenerse unidos.

—¡Oh! —exclamó Jack—. Luego, cerró el libro, sacó su cuaderno y anotó:

Niño tamborilero - trabajo muy importante

De pronto, se oyó gritar a John. Jack apartó la vista del cuaderno. El pequeño del tambor estaba dormido, pero movía los brazos como si tuviera una pesadilla.

Annie sacudió al pequeño por un brazo.

—¡Despierta, John! —le dijo—. ¡Vamos, todo está bien, despierta ya!

El pequeño abrió los ojos.

—Tuviste un mal sueño —dijo Annie—. Pero ahora estás a salvo. Muy pronto podrás ver a tu familia.

—¡No! ¡No! —insistió el pequeño soldado, con tono desesperado—. Tengo que regresar a la batalla.

—No, ya no tienes que volver a pelear —dijo Annie—. Ya puedes volver a tu casa. Allí estarás a salvo.

—¡No! ¡Ellos me necesitan! ¡Necesitan mi tambor! —sonaba cada vez más angustiado.

De pronto, Jack pensó en la lista.

"Dejar a un lado tus propios sentimientos", recordó.

—De acuerdo, John —respondió Jack—. Podrás regresar tan pronto como te sientas mejor.

—¡Pero, Jack! —exclamó Annie—. ¡Tengo mucho miedo por él!

—Yo también —respondió Jack, con voz suave—. Pero, debemos poner nuestros propios sentimientos a un lado. Éste es uno de los principios de la lista.

Annie suspiró hondo.

—De acuerdo —dijo Annie, con tristeza. Y se quedó mirando a John por un instante—: Si quieres volver a pelear en la Guerra Civil, puedes hacerlo. Si esto es lo que verdaderamente deseas.

—Gracias —respondió el niño del tambor, con un susurro.

—¿Sabes?..., eres el niño más valiente que he conocido —afirmó Jack.

El pequeño del tambor miró a Jack y le sonrió.

—Tú te pareces mucho a mi hermano menor —dijo, con voz ronca.

—Y tú te pareces a mi hermano *mayor* —dijo Jack—. Sólo que yo no tengo un hermano mayor, sólo tengo una hermana.

Los tres se echaron a reír. Aunque, la risa del pequeño John casi no podía oírse.

Luego, John descansó la cabeza sobre la almohada y cerró los ojos una vez más.

En un instante, se quedó dormido plácidamente, con un hermosa sonrisa en los labios.

Annie tocó la frente del pequeño.

—Ya le ha bajado la fiebre. Deberíamos ir a buscar a Clara —dijo, abandonando la tienda.

Jack se puso de pie lentamente para seguir a su hermana.

Cuando llegó a la puerta de la tienda miró hacia atrás. Las sombras del crepúsculo parecían acariciar el sereno rostro dormido del pequeño John.

Era extraño. Jack casi no conocía al niño del tambor. Pero, de pronto, sintió que bien *podrían* ser hermanos.

A lo lejos, se oyó un disparo de cañón.

Jack sintió miedo por el pequeño soldado.

"*¿Vivirá por poder ver a su familia otra vez?*", se preguntó.

—Buena suerte, John —dijo Jack, suavemente.

Con el corazón acongojado, salió de la tienda a reencontrarse con el aire cálido del atardecer.

9
¡No te rindas!

—Annie, ¿dónde estás? —preguntó Jack.

—¡Por aquí! —respondió ella.

De pronto, Jack vio dos siluetas bajo la luz del crepúsculo. Eran Annie y Clara.

Jack caminó hacia ellas. Los tres se quedaron mirando el campo de batalla a la distancia.

Fuertes destellos de luz se encendían y se apagaban en el horizonte azul oscuro; explosiones de balas del cañón

—Cada vez que se enciende un destello de luz, es posible que un proyectil acabe con una vida o varias —dijo Clara.

—Eso es muy triste —dijo Annie.

—Sí, lo es —dijo Clara—. Un mundo entero puede esfumarse con ese chispazo de luz, las alegrías, las penas y todos los recuerdos de una persona joven.

—¡Ésta es una guerra muy cruel! —afirmó Annie.

—Todas las guerras son crueles —agregó Clara Barton—. La gente piensa que debe luchar por causas en las que uno cree de verdad. Pero muy pronto se da cuenta de que la guerra poco tiene que ver con la gloria o la fama. En ella sólo hay dolor y amargura.

—Empiezo a extrañar a mi mamá y a mi papá —dijo Annie—. Los extraño mucho.

La voz de Annie sonó triste y melancólica. Como si toda su alegría se hubiera esfumado en un instante.

—Creo que es hora de que ustedes dos regresen a su casa —dijo Clara.

De repente, Jack pensó en todos los

hombres heridos que necesitaban agua y alimento, afecto y comprensión.

—¡No! —dijo—. Tenemos que quedarnos. No es momento de rendirse. *"No te rindas"*, pone la lista. Y, rápidamente, sacó la lista para que Clara la viera.

—Ah, sí —asintió con la cabeza—. Veo que una de mis enfermeras ha aplicado lo que muy a menudo me oye decir. Sólo déjenme agregar una cosa más; *"No te olvides de las personas que te quieren"*.

Jack suspiró profundamente. Él también sentía nostalgia.

—¿Podemos quedarnos con la lista? —preguntó.

—Por supuesto —afirmó Clara—. Mis palabras los seguirán adonde vayan, no es necesario que se queden a trabajar en el hospital.

—Muchas gracias —contestó Jack.

—Soy yo quien les da las gracias —agregó Clara—. Los dos han sido de gran ayuda.

—Y tú has sido una gran maestra —dijo Annie.

—¡Adiós! —exclamó Clara Barton—. Tengan mucho cuidado.

—Lo tendremos. ¡Adiós! —agregó Jack.

El sol había comenzado a ponerse cuando Annie y Jack dejaron el campamento. Atrás quedaron resonando los estruendos de los cañones.

Y atrás quedaron los soldados, cantando una canción alrededor de una fogata.

Acampamos esta noche
en el viejo campamento.
Bríndanos una canción
que consuele el corazón,
Con recuerdos muy queridos
del hogar y los amigos.

Ya empezaba a oscurecer cuando Annie y Jack atravesaron el campo. Cuando llegaron al bosque, ya habían salido las estrellas.

Subieron por la escalera de soga y entraron en la casa del árbol. Annie agarró el libro de Pensilvania.

—Espera —dijo Jack.

Se asomó a la ventana pero no podía ver nada. Tan sólo se oía la canción de los soldados en medio de la noche cálida y llena de estrellas.

Muchos son los corazones
Cansados de tanto sufrir
Que anhelan poder vivir...

Mientras Jack escuchaba la canción, recordó a Clara Barton, al esclavo de cabello encanecido, al joven soldado Confederado y a John, el pequeño tamborilero.

La guerra no es un juego —dijo Jack—. Definitivamente, no lo es.

Muchos son los corazones
Que de tanto padecer
Velan por un nuevo amanecer.

La canción terminó. Los disparos de cañón cesaron. La noche se quedó en silencio.

Sólo los sapos croaban.

—¿Estás listo? —preguntó Annie, en voz baja.

—Listo —respondió Jack.

—Tengo *muchas* ganas de que mi hermano y yo regresemos a casa —dijo Annie, señalando el dibujo del bosque de Frog Creek.

El viento comenzó a soplar.

La casa del árbol empezó a girar.

Más y más rápido cada vez.

Después, todo quedó en silencio.

10

Hogar, dulce hogar

De repente, a lo lejos se oyó un estruendo.

Jack se quedó inmóvil y sin aliento. "*¿Habrá sido un disparo de cañón?*", se preguntó. "*¿Todavía estamos en la Guerra Civil?*".

—Estamos en casa —dijo Annie—. ¡Hogar, dulce hogar!

—¡Oh, cielos! —susurró Jack.

Ya *estaban* en casa. Habían regresado al bosque de Frog Creek. Y traían puesta la ropa de siempre.

El disparo de cañón había sido sólo un trueno. En ese momento, a Jack le pareció el sonido más maravilloso del mundo.

Las primeras gotas de lluvia empezaron a caer sobre el techo de la casa del árbol.

—Será mejor que nos apuremos —dijo Jack.

—Espera. Deja la lista aquí —dijo Annie—. Es la primera revelación escrita para la biblioteca de Morgana. *"Algo para seguir"*.

Jack sacó la lista de Clara Barton de la mochila y la colocó sobre el piso, junto a la carta de Morgana.

—¿Una simple lista podrá salvar a Camelot? —preguntó Jack en voz alta.

—No lo sé —contestó Annie—. Pero, ¿sabes lo más singular de esta lista? Pienso que de haberla encontrado primero, no nos hubiera dicho nada. Teníamos que *vivirla* antes.

Jack asintió con la cabeza. Y pensó que su hermana estaba totalmente en lo cierto. Luego, agarró la mochila.

—¡Espera! ¡Aquí hay otra nota! —dijo Annie.

Levantó el papel del suelo y leyó lo que decía: *"Regresen el miércoles"*.

—Creo que es el día que Morgana quiere que busquemos el próximo escrito —dijo Annie.

—Faltan tres días —agregó Jack—. Vamos a casa, a descansar.

Se agarró de la escalera de soga y comenzó a descender. Annie lo siguió.

Cuando tocaron el suelo del bosque, empezó a llover más fuerte.

—¡Corre, Annie! —dijo Jack.

Ambos corrieron por el bosque de Frog Creek y tomaron la calle directa a la casa.

Cuando llegaron, atravesaron el porche y entraron a la casa que estaba seca y acogedora.

Los padres de Annie y Jack leían en la sala.

—¡Mamá! ¡Papá! —dijo Annie, en voz alta—. ¡Estamos tan contentos de verlos!

—Bueno, nosotros también estamos contentos de verlos —respondió el padre, algo extrañado.

—Vayan a cambiarse de ropa —dijo la madre.

Annie y Jack subieron a sus habitaciones. A mitad de la escalera, Jack se detuvo.

—Ah, tengo una pregunta —dijo, mirando a sus padres—. ¿Alguien de nuestra familia peleó en la Guerra Civil?

El padre de Jack se sorprendió con la pregunta.

—Sí —dijo—. Uno de tus tatara–tatara-abuelos fue tamborilero.

—¡Oh, cielos! —susurró Jack.

—¿Cómo se llamaba, papá? —preguntó Annie, intrigada.

—John —respondió el padre de Annie.

—¿Y..., y qué le pasó? —preguntó Jack—. ¿Acaso falleció en la guerra?

—No, se hizo maestro —agregó la madre de los niños—. Y tuvo cinco hijos.

Annie y Jack gritaron de alegría.

—¡Qué grandiosa noticia! —exclamó Annie.

—¡Es una noticia *sensacional*! —agregó Jack—. ¡Gracias por contárnosla!

—De nada —respondió el padre de Jack, una vez más, algo extrañado.

Mientras Jack corría a su habitación, recordó una parte de la canción de la Guerra Civil:

> *Bríndanos una canción*
> *con recuerdos muy queridos*
> *del hogar y los amigos...*

MÁS INFORMACIÓN PARA TI
Y PARA JACK

1) En la Guerra Civil murieron más soldados que en cualquier otra guerra en la historia de Estados Unidos.

2) En el año 1861, fecha en que comenzó la Guerra Civil, en el sur de Estados Unidos, había alrededor de 3.500.000 esclavos.

3) En 1865, el Presidente Abraham Lincoln logró que el Congreso aprobara la 13ª Enmienda a la Constitución, con la cual quedó abolida la esclavitud en todo el territorio de la nación.

4) Los estados que pelearon para la Confederación fueron once. Veintitrés, los que pelearon para la Unión. También hubo algunos territorios que lucharon del lado de la Unión.

5) Durante la Guerra Civil, los soldados solían reunirse para cantar canciones. Una de las canciones más famosas, *"Tenting Tonight on the Old Camp Ground"* fue escrita en 1861 por Walter Kittredge.

"Tenting Tonight on the Old Camp Ground"

We're tenting tonight on the old camp ground;
Give us a song to cheer
Our weary hearts, a song of home,
And friends we love so dear.

(Chorus)
Many are the hearts that are weary tonight,
Wishing for the war to cease;
Many are the hearts looking for the right
To see the dawn of peace.
Tenting tonight, tenting tonight,
Tenting on the old camp ground.

We've been tenting tonight on the old
 camp ground,
Thinking of days gone by,
Of the loved ones at home that gave us the hand
And the tear that said, "Good-bye!"

(Chorus)

CLARA BARTON

Clara Barton, conocida como *"El ángel del campo de batalla"*, brindó ayuda como enfermera a los soldados durante la Guerra Civil. En un principio, ella utilizó su propio dinero para comprar provisiones y medicamentos. Después de la guerra, creó una agencia para la búsqueda de soldados desaparecidos. Su labor logró llevar información a más de 22.000 familias.

En 1881, fundó la Cruz Roja norteamericana, organización que no sólo brinda apoyo en tiempos de guerra, sino que también brinda asistencia a personas que sufren daños debido a desastres naturales como huracanes o inundaciones.

NIÑOS TAMBORILEROS

Se cree que durante la Guerra Civil cerca de 60.000 niños participaron en las batallas utilizando tambores y cornetas para guiar a los soldados. Uno de los tamborileros más jóvenes fue Johnny Clem, quien se alistó en el ejército a la edad de once años. Era tan valiente que fue nombrado sargento a la edad de trece años.

WILL OSBORNE

Información acerca de la autora

Mary Pope Osborne es una reconocida escritora, galardonada por sus más de cincuenta libros para niños. Recientemente, cumplió dos períodos como presidenta de *Authors Guild*, la organización de escritores más importante de Estados Unidos. Actualmente, vive en la ciudad de Nueva York con Will, su esposo y con su perro Bailey, un Norfolk terrier. También, tiene una cabaña en Pensilvania.

¿Quieres saber adónde puedes viajar en la casa del árbol?

La casa del árbol #1
Dinosaurios al atardecer
Annie y Jack descubren una casa en un árbol
y al entrar, viajan a la época de los dinosaurios.

La casa del árbol #2
El caballero del alba
Annie y Jack viajan a la época de
los caballeros medievales y exploran
un castillo con un pasadizo secreto.

La casa del árbol #3
Una momia al amanecer
Annie y Jack viajan al antiguo Egipto y se
pierden dentro de una pirámide al tratar de
ayudar al fantasma de una reina.

La casa del árbol #4
Piratas después del mediodía
Annie y Jack viajan al pasado y se
encuentran con un grupo de piratas
muy hostiles que buscan un
tesoro enterrado.

La casa del árbol #5
La noche de los ninjas
Jack y Annie viajan al antiguo Japón y se
encuentran con un maestro ninja que los ayudará
a escapar de los temibles samuráis.

La casa del árbol #6
Una tarde en el Amazonas
Annie y Jack viajan al bosque tropical de
la cuenca del río Amazonas y allí deben
enfrentarse a las hormigas soldado y a los
murciélagos vampiro.

La casa del árbol #7
Un tigre dientes de sable en el ocaso
Jack y Annie viajan a la Era Glacial y se
encuentran con los hombres de las cavernas y
con un temible tigre de afilados dientes.

La casa del árbol #8
Medianoche en la Luna
Annie y Jack viajan a la Luna y se encuentran con
un extraño ser espacial que los ayuda a salvar
a Morgana de un hechizo.

La casa del árbol #9
Delfines al amanecer
Annie y Jack llegan a un arrecife de coral donde
encuentran un pequeño submarino que los llevará
a las profundidades del océano: el hogar de los
tiburones y los delfines.

La casa del árbol #10
Atardecer en el pueblo fantasma
Annie y Jack viajan al salvaje Oeste, donde deben
enfrentarse con ladrones de caballos, se hacen
amigos de un vaquero y reciben la ayuda de
un fantasma solitario.

La casa del árbol #11
Leones a la hora del almuerzo
Annie y Jack viajan a las planicies africanas.
Allí ayudan a los animales a cruzar un río torrencial
y van de "picnic" con un guerrero masai.

La casa del árbol #12
Osos polares después de la medianoche
Annie y Jack viajan al Ártico, donde reciben
ayuda de un cazador de focas, juegan con osos polares
recién nacidos y quedan atrapados sobre una
delgada capa de hielo.

La casa del árbol #13
Vacaciones al pie de un volcán
Jack y Annie llegan a la ciudad de Pompeya, en la
época de los romanos, el mismo día en que el
volcán Vesuvio entra en erupción.

La casa del árbol #14
El día del Rey Dragón
Annie y Jack viajan a la antigua China,
donde se enfrentan a un emperador
que quema libros.

La casa del árbol #15
Barcos vikingos al amanecer
Annie y Jack visitan un monasterio de la Irlanda
medieval el día en que los monjes sufren
un ataque vikingo.

La casa del árbol #16
La hora de los Juegos Olímpicos
Annie y Jack son transportados en el tiempo
a la época de los antiguos griegos y de las
primeras Olimpiadas.

La casa del árbol #17
Esta noche en el Titanic
Annie y Jack viajan a la cubierta del *Titanic*
y allí ayudan a dos niños a salvarse del naufragio.

La casa del árbol #18
Búfalos antes del desayuno
Annie y Jack viajan a las Grandes Llanuras,
donde conocen a un niño de la tribu lakota y juntos
tratan de detener una estampida de búfalos.

La casa del árbol #19
Tigres al anochecer
Annie y Jack viajan a un bosque de la India,
donde se encuentran cara a cara con un tigre
¡muy hambriento!

La casa del árbol #20
Perros salvajes a la hora de la cena
Annie y Jack viajan a Australia donde se
enfrentan con un gran incendio. Juntos ayudan a
varios animales a escapar de las peligrosas llamas.